302. — Roman : n° 134.

LA PETITE ILLUSTRATION

Revue hebdomadaire
publiant les pièces nouvelles jouées dans les théâtres de Paris, des romans inédits et des critiques littéraires et dramatiques.

LÉO LARGUIER

SABINE

Roman

I

Illustrations de P.-J. POITEVIN.

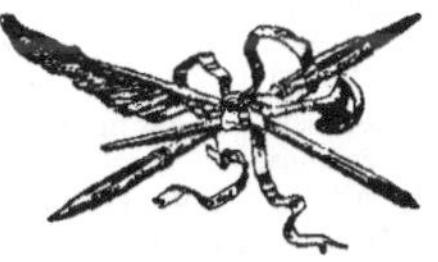

PARIS
ÉDITIONS DE *L'ILLUSTRATION*
13, Rue Saint-Georges (9e)

Aucun numéro de La Petite Illustration *ne doit être vendu sans le numéro de* L'Illustration *portant la même date.*

ABONNEMENT ANNUEL
L'Illustration et *La Petite Illustration* réunies : France et Colonies, 150 fr.
Étranger, tarifs énoncés en monnaies nationales ou usuelles et basés sur l'affranchissement variant suivant les pays destinataires : consulter la page 2 de la couverture de *L'Illustration*.

LA VIE LITTÉRAIRE

AGIOTEURS ET BANDITS

Le plus populaire et le plus respecté de nos grands avocats d'assises, l'éminent bâtonnier, dont on a fait l'un de nos immortels, Me Henri-Robert, se divertit, depuis quelques années, à évoquer et même à reviser *les Grands procès de l'Histoire*. Entendez que ces grands procès ne furent point tous nécessairement des affaires dont la solution se décide devant les juges. Certains d'entre eux, et non des moindres, n'ont pas été portés devant les tribunaux, bien qu'il en soit résulté de la prison perpétuelle, comme dans le cas du Masque de Fer, ou de la proscription, comme dans l'affaire du financier Law. Ces procès-là continuent d'être posés devant l'opinion publique et ce sont, sans doute, ceux auxquels l'éminent bâtonnier accorde la meilleure part de son attention.

Car, dans les livres de Me Henri-Robert, ce qui nous intéresse, c'est moins l'évocation d'affaires archiconnues et mille fois racontées déjà que le sentiment exprimé sur ces affaires par l'un des maîtres illustres de notre barreau contemporain. Ainsi, dans la cinquième série (1), récemment parue, des *Grands procès*, il ne nous est pas indifférent de lire, sous la signature de Me Henri-Robert, une plaidoirie pour le Régent, considéré dans sa valeur morale et dans son rôle historique, et une étude claire et rapide du « système » de Law, rapproché des systèmes de redressement financier imaginés, ces dernières années, et même ces derniers mois, par des spécialistes ou des fantaisistes qui n'ont rien inventé. Le financier Law apparut, en France, comme un sauveur possible au moment où la débâcle des finances, entraînant l'arrêt des entreprises, l'ascension du prix de la vie, donc la misère et la famine, ne paraissait plus devoir être conjurée. Dès alors, on avait demandé et obtenu des poursuites contre de scandaleux enrichissements. Dès alors, on avait prélevé, et avec de bien pauvres résultats, cet impôt sur la fortune acquise, où l'ignorance de trop nombreux parlementaires voit aujourd'hui une nouveauté. Dès alors, on avait envisagé la nécessité d'une faillite partielle que l'on décore aujourd'hui des noms de moratoire et de consolidation. Mais, surtout, on espérait tout de quelque miracle. On en était à ce moment de désarroi où, après avoir vainement consulté tous les médecins possibles, on fait appel aux empiriques. N'avons-nous pas connu, récemment, un pareil état d'esprit affolé ?

Est-ce à dire que du système de Law rien ne méritait d'être retenu ? Non point. Me Henri-Robert nous rappelle comment ce financier, dont le génie réel n'évita point les erreurs, révéla aux Français la puissance du crédit, tandis qu'il développait le grand mal économique et social de l'inflation. D'où toutes les fortunes soudaines et toutes les misères nouvelles que produisit la folie de l'agiotage. D'où le déséquilibre moral d'une société où l'insolence des fortunes multiplia le nombre des criminels. Me Henri-Robert ne nous démontre-t-il pas que Cartouche fut un produit du système de Law ?

***

Lorsque Cartouche, après une jeunesse aventureuse et déjà fort inquiétante, commença la série de ses plus fameux exploits, il revenait de la guerre d'Espagne où sa bonne conduite, comme soldat, semblait lui avoir refait une conscience et permis d'incarner un nouveau personnage. Le Cartouche, libéré de ses engagements militaires, la paix signée, était presque devenu un honnête homme, quand il regagna Paris, où, comme tout le monde alors, il s'en alla flâner dans cette rue Quincampoix, que viennent d'évoquer avec beaucoup de verve MM. C.-J. Gignoux et F.-F. Legueu dans *le Bureau des Rêveries* (1). Comment ce royaume de l'agio n'eût-il pas offert, aux yeux de ce voleur trop récemment converti, le spectacle d'une foire d'empoigne ?

« Jamais, écrit Me Henri-Robert, on n'avait vu tant de bijoux, tant d'or, tant d'étoffes précieuses, tant de carrosses... Quel spectacle ! Et quelles ardentes convoitises ne devait-il pas éveiller chez un Cartouche et chez ses compagnons d'armes, les soldats licenciés de l'armée d'Espagne, qui arrivaient à Paris sans ressources, sans métier, sans emploi, et plus gueux qu'avant l'engagement, en un temps où le prix de la vie avait triplé ! Sans doute ils avaient gagné la guerre. Ils étaient les anciens combattants victorieux dont on avait, à l'envi, célébré la gloire et vanté l'héroïsme. Maintenant, ils n'avaient pas de quoi dîner, ils faisaient figure d'imposteurs et de gêneurs, avec leurs récits de campagne et leurs faits d'armes, dans ce milieu de joueurs heureux et de financiers repus où l'on ne s'intéressait qu'à la hausse des actions et des gains réalisés... » Hum !... Vous sentez le rapprochement tenté, avec, sans doute, quelque hardiesse, entre deux époques et des combattants, entre lesquels il faudrait cependant distinguer. Et Me Henri-Robert, avec son tact et sa mesure connus, se hâte de faire cette distinction nécessaire. Après avoir amorcé, de la sorte, pour son personnage, les circonstances atténuantes, il ajoute : « Ces anciens combattants étaient, ne l'oublions pas, des gens sans aveu pour la plupart, souvent des vagabonds enrôlés au coin d'une rue ou au fond d'un cabaret par un sergent recruteur. » N'importe ! Ils revenaient de l'armée aigris, exaspérés par le spectacle insolent du luxe neuf et décidés, eux aussi, à s'enrichir selon leurs moyens. De ces sentiments, de ce mécontentement de tant de ses compagnons d'armes, Cartouche eut vite fait de tirer parti. Il convoqua ces irrités et ces cupides, fut le sergent recruteur d'abord, le général ensuite d'une véritable armée du vol et du crime, dont l'organisation est demeurée, pour les historiens, un véritable sujet d'admiration. Cartouche eut un état-major qu'il mettait seul dans le secret de ses opérations. Il eut un service de renseignements d'une action étendue et d'une précision redoutable. Il eut des armuriers qui approvisionnaient sa troupe en munitions, des chirurgiens pour soigner et cacher ses blessés, des lieux d'asile ingénieusement choisis, des bijoutiers receleurs, dont un orfèvre du roi, qui maquillaient les bijoux volés. Enfin, une stricte et terrible discipline était imposée aux deux mille Cartouchiens qui, au temps de la plus grande puissance du chef, appartenaient presque à tous les milieux sociaux. Cartouche volait au Louvre, dans l'antichambre du roi, l'épée du prince de Soubise. Il volait les épées du Régent lui-même au Palais-Royal. Mille anecdotes plus ou moins authentiques ont ajouté au pittoresque du personnage dont l'évocation, deux siècles après sa mort, et avec la déformation généreuse que l'imagination populaire fait subir plus aisément à la destinée d'un bandit de grand chemin qu'à celle d'un pirate de la finance, devait réaliser l'une des bonnes fortunes du cinéma.

ALBÉRIC CAHUET.

(1) *Les Grands procès de l'Histoire*, 5e série, Plon, édit. 12 francs.

(1) *Le Bureau des Rêveries*, Grasset, édit., 9 fr.

LÉO LARGUIER

SABINE

ROMAN

Illustrations de P.-J. POITEVIN.

SABINE

I

SOUS LES TILLEULS

Quelques mois après la guerre, je ne m'étais pas encore réhabitué à la vie.

Ainsi que beaucoup d'autres, j'étais rentré dans l'appartement que j'occupais comme dans un domaine abandonné, et, quoique libéré et aligné en solde et en vivres, je dus porter pendant plus d'une semaine mon uniforme fatigué de sergent, pour attendre les vêtements qu'un tailleur ne me livrait pas et qui devaient remplacer ceux qui avaient été dévorés par quatre générations de mites. Ces insectes n'avaient respecté qu'un frac de soirée !

Ma vieille servante avait disparu, et j'étais aussi seul qu'un homme puisse l'être. Pendant ces années inhumaines, j'avais été forcé de me servir moi-même et je ne trouvais pas étrange de mettre de l'ordre chez moi, de frapper mes livres pour en chasser la poussière, de cirer et de frotter mes vieux meubles et de nettoyer les tableaux accrochés aux murs.

Je fredonnais, en accomplissant ces besognes, une naïve chanson paysanne des Cévennes dont je ne savais d'ailleurs que des bribes :

Pauvre soldat revenant de guerre,
Tout mal chaussé, mal habillé,
Sans savoir où aller loger...

Je fus certainement alors le frère de ces anciens militaires qui revenaient, après des années, dans un pays où on ne les attendait plus.

La veste de bure ou de velours qu'ils avaient laissée était trop étroite et trop courte pour leur taille ; une jeune fille à laquelle ils pensaient souvent était mariée depuis longtemps ; personne ne les reconnaissait ; ils étaient déjà presque vieux, et, le lendemain de leur arrivée, il leur fallait retourner aux champs dont ils avaient perdu le goût, dans le pauvre uniforme qu'on laissait à ceux qui avaient fini leur congé.

La lenteur de mon tailleur ne me désespérait pas. Je n'avais aucune hâte de jeter ma tunique usée, mes guêtres de cuir fauve, le gros manteau bleu horizon qui m'avait rendu de si bons services depuis deux ans que je le portais. J'étais seulement gêné par mon képi orné d'un galon d'or. Il était lamentable et fané, et comme je n'étais plus tenu à faire tondre mes cheveux, depuis l'armistice, je ressemblais vaguement à un mobile ou à un de ces gardes nationaux qu'on voit dans les gravures noires et tristes, datant du siège de Paris et de la Commune.

Quand mon complet de drap et mon paletot de ratine arrivèrent, je fus déçu et me trouvai tout drôle.

Ceux qui ont subi cette transformation me comprendront. J'avais froid aux jambes, dans le pantalon flottant que n'emprisonnaient plus des molletières ou des houseaux.

Comme il pleuvait, ma première sortie fut pour acheter un parapluie.

En me retournant vers ces quatre années sanglantes, j'apercevais une plaine morte, marécageuse, hérissée de perches téléphoniques et sur laquelle il pleuvait sans fin. Un homme y cheminait avec un bâton et un fusil, sous une toile de tente qui ruisselait. Le même qui ne craignait pas une averse en 1913 s'en méfiait sept ans après. Il en avait trop reçu !

Le vieux riflard, dédaigné par l'artiste qui le trouvait inesthétique et bourgeois, était devenu, au retour du front, un ami sûr et charmant. Le parapluie est l'insigne du civil. Le chapeau ressemble à un casque, le veston diffère à peine de la vareuse et le pardessus de la capote ; le soulier fin tourne facilement au brodequin boueux, mais le parapluie n'a rien de militaire. Il est un emblème et un symbole.

Je ne reconnaissais pas ceux qu'une grosse dame trop parfumée me montrait.

La mode obéit à de mystérieux courants, elle correspond toujours, aussi cocasse qu'elle paraisse, aux besoins du moment.

Le parapluie que j'avais laissé avait une armature arachnéenne. C'était un faisceau d'aiguilles. Il était l'accessoire léger des élégants qui dansaient le *tango*. Dans son fourreau de soie, il n'était pas plus gros qu'une baguette. Il s'effaçait : le comble du bon ton était d'être mince et d'exister à peine. Une bourrasque le mettait à mal, retroussant sur sa tige trop fragile sa soie de fleur noire. Il était bien le parapluie de cette époque où l'on allait aux abîmes en dansant.

Celui qu'on me présentait ne lui ressemblait plus. Il avait une canne courte, un bout mastoc et carré, il était solide et bien en main, et, pour montrer qu'il sortait de la guerre, il portait une dragonne de cuir à son pommeau massif, comme un sabre ou un bâton de tranchée. On pouvait s'appuyer sur lui, il ne fléchissait pas.

Il ne voulait que protéger, il avait emboulé jusqu'aux pointes de ses baleines et de ses aiguilles, et je ne me sentis complètement libre que sous ce dôme léger, ce toit d'étoffe qui savait mettre, au milieu du déluge hivernal, un peu d'atmosphère sèche...

Je ne sais pourquoi je raconte tout cela, sans songer à tricher, et avec tant de complaisance. Probablement parce que tous les hommes qui ont traversé ce cataclysme en parleront toujours à la moindre évocation.

Des mois passèrent...

Un vieil ami, M. Bernard Olivier, m'avait offert une grande chambre dans son antique maison enfouie sous les arbres de La Pariée, dans la campagne poitevine. Je lui avais écrit et il avait fort insisté pour me voir mettre un peu de campagne et de paix entre moi et la vie qu'il fallait continuer.

« *Venez ici,* me disait sa lettre, *vous y serez tranquille et vous vous retrouverez plus facilement. Vous avez besoin de faire une retraite, d'envisager à distance les choses sous leur angle véritable... Les âmes de ceux qui sont revenus de la guerre ont, comme la France, leurs régions libérées, mais dévastées. Autrefois, à part quelques jours lugubres, il faisait clair sur des paysages modérés ; à présent, à la moindre chose, surgissent, dans une ouate de brouillards lacrymogènes, des terres bouleversées, des toits crevés, des moignons d'arbres... et, plus de foi, puisque la cathédrale est en ruines et qu'elle a croulé sous les obus...* »

***

J'arrivais le surlendemain chez M. Bernard Olivier.

Ce bourgeois campagnard était charmant et fort maniaque, mais ce dernier mot n'a pas pour moi le sens qu'on lui donne habituellement. Si j'avais consulté le dictionnaire universel de P.-C.-V. Boiste, qui était en vente à Paris chez l'auteur, numéro 30, rue Hautefeuille, vers 1808, et qu'on pouvait trouver dans cet ermitage, j'aurais sans doute lu : *Maniaque, adj. furiosus : furieux, possédé...*

Cette coutume de donner à chacun de nos mots un ancêtre latin est ridicule. La toge romaine ne convient pas toujours aux vieux Français qui ont fait leur vie et qui ne se soucient plus guère des médailles antiques presque effacées, des tessons et des morceaux de bronze rouillé qu'on trouverait en remuant les champs qui sont à eux depuis des siècles.

Un maniaque n'est pas un possédé tumultueux. C'est un homme qui a des manies, de douces habitudes tranquilles, soit qu'il porte en toute saison, comme mon vieil ami, une pèlerine à capuchon, qu'il aime les gâteaux et le violoncelle, qu'il se couche immuablement au dernier coup de neuf heures ou qu'il collectionne des tabatières, des faïences et des tableaux.

C'était l'avis de M. Bernard Olivier et, à dix kilomètres de Poitiers, cette opinion avait tout de même quelque valeur, le cœur du pays sachant ce que parler veut dire.

A cinq heures de Paris, on trouvait là un coin intact de la vieille France agricole et chrétienne épargnée comme par miracle. De vieux gentilshommes qui se levaient tôt pour assister à la première messe montaient encore leurs chevaux et buvaient leur petit vin. Les fermiers reconnaissaient leur autorité paternelle sans songer aux syndicats. Sur les perrons aux rampes de roses des châteaux, on voyait beaucoup d'enfants en costumes clairs et des mamans en noir.

Ces jeunes femmes, dont quelques-unes ne manquaient ni de beauté, ni de charme, étaient veuves d'un officier de complément ou de carrière, tué aux premiers jours d'août 1914, à la tête d'un peloton de cavalerie, du côté d'Etain ou de Morhange. La belle saison les groupait là comme une photographie de famille ; et une vieille dame, qui tenait une petite fille sur ses genoux, songeait à une absente qui avait joué à cet endroit et qui s'appelait Sœur Monique ou Thérèse de Jésus, dans un Carmel.

Il n'y avait pas de bibliothèques dans ces maisons solides. Les tiroirs de quelques vieux meubles, le fond d'une armoire, dans des pièces qui sentaient les fruits séchés et l'humidité, cachaient des collections dépareillées du *Journal des Jeunes Personnes* ou du *Magasin des Demoiselles,* qui dataient de 1850 ; des numéros du *Petit Laboureur,* une revue agricole dans laquelle on lisait *les Conseils d'un vieux juge de paix chrétien* et les articles d'un chroniqueur rustique accusant la République d'avoir développé la piéride du chou et le négril ou babotte noire de la luzerne.

La couverture des tomes de l'*Economie rurale et civile* ressemblait au cuir pâlé des gros souliers de chasse, et le livre le plus moderne d'économie politique était de Frédéric Le Play. Quelques romans d'Erckmann-Chatrian, achetés sans doute par les collégiens qui devaient être tués sur les Hauts de Meuse, représentaient les idées avancées et la littérature contemporaine.

Ces ouvrages, dans lesquels de sentencieux personnages prennent à tout moment une bonne prise de tabac ou boivent un bon verre de vin, voisinent avec l'*Almanach de France* et *le Génie du christianisme.* On y célébrait les soldats de l'an II et le menuisier Clavel, qui arriva de Saverne à Paris pour assister à une révolution et crier : « Vive la Réforme! A bas Guizot! » eût paru un anarchiste dangereux aux vieux gentilshommes poitevins, mais ils ne lisaient pas les livres enfouis sous les cours de littérature de La Harpe et sous des brochures de distribution de prix.

Le vieux facteur.

Ces palmarès étaient tous édités par des maisons religieuses. Augustin de la Meunière avait toujours le prix de discours latin ; Hilaire de Champvallon, celui de version grecque et d'histoire ancienne. Des élèves qui portaient des noms bourgeois brillaient dans l'étude de la langue allemande et des mathématiques.

Tous les matins, à dix heures, un vieux facteur qui n'appartenait à aucun groupement corporatif apportait le journal du chef-lieu et de rares lettres. Il ôtait son chapeau de paille, devant la pelouse, en descendant de sa bicyclette, et, chaque fois, les chiens aboyaient, un peu moins fort cependant que pour les romanichels de passage.

Presque aucun de ces grands propriétaires n'avait de voiture automobile. Le cocher ôtait son tablier bleu de jardinier pour les conduire à la ville, dans un breack.

M. Bernard Olivier comptait quelques amis parmi ceux qui demeuraient encore de l'ancienne génération : des vieillards dont le fin visage était mangé par une barbe grise ou blanche de missionnaire. Il les voyait surtout à la belle saison, quand ils venaient s'installer à la campagne, et ils portaient des vestons ou des jaquettes d'alpaga, de grosses chaussures, de minces cravates plates et des gants de fil noir. Leur extrême simplicité n'empêchait pas qu'ils eussent grand air, et mon ami se complaisait dans la compagnie de ces solitaires qui n'allaient presque plus jamais à Paris. Pourtant il était curieux de musique, de peinture et de littérature nouvelle, et ses voisins étaient persuadés que le théâtre n'avait fait aucun progrès depuis le dix-septième siècle et qu'aucun tableau ne valait la peine d'être vu depuis la mort de Mme Vigée-Lebrun dont ils possédaient un portrait.

Lorsque l'un d'entre eux venait aux Tilleuls — c'était le nom du domaine de M. Bernard Olivier — je trouvais que la conversation était parfois difficile à soutenir et je sentais que tout ce qui me préoccupait n'avait pas grande valeur pour des hommes qui citaient encore naturellement la phrase de Sully : « Labourage et pâturage sont les deux mamelles de la France ! »

Je les voyais tout de même avec plaisir. Leur noblesse rustique me faisait du bien et je les tenais pour les derniers représentants d'une race morte.

S'ils dataient sérieusement, c'était d'une époque où il était sans doute agréable de vivre quand on avait accepté, les yeux fermés, les trois ou quatre grands principes qui la dirigeaient.

Au temps où M. Bernard Olivier payait deux millions huit cent mille marks son violoncelle à un professeur de Francfort et où une chambre d'hôtel valait dix millions de roubles par jour, en Russie, ils vivaient des redevances de leurs fermiers avec lesquels ils étaient à mi-fruits.

La Chauve-Souris de Moscou pouvait donner quelques représentations à Paris, ils citaient des vers de Corneille ; la Prahova dansait dans la gaine de soie imaginée par Bakst, ses prodigieuses jambes nues, sur une musique d'Igor Stravinski, au milieu d'un blanc décor de Picasso, ils se souvenaient d'une demoiselle du corps de ballet qu'ils avaient vue à l'Opéra en 1869, dans des tulles classiques ; le vieux décor de l'Europe s'effaçait, ils en étaient encore à l'Ordre moral, et Lénine avait beau prendre pour ses expériences de sociologie tout un immense empire écroulé, ils étaient sûrs que la vérité tenait dans Fustel de Coulanges et dans le catéchisme. Ils vivaient, immobiles comme les grands ormes plantés avant leur naissance, et, sans les journaux qui arrivaient chaque matin et qui mettaient les choses à leur place, j'aurais pu croire que je passais l'été dans un de ces domaines paisibles décrits par la comtesse de Ségur, née Rostopchine.

Le curé de La Pariée, l'abbé Laurière, que je voyais presque tous les jours, m'avouait que leur compagnie l'importunait quelquefois. Il était un peu plus âgé que M. Bernard Olivier, soixante-sept ou huit ans, sans doute, et il était son ami depuis longtemps. Sa mise parfaitement soignée m'étonna d'abord. Le drap de ses soutanes était extrêmement fin ; jamais, même aux jours de pluie, je ne le vis chaussé de ces gros souliers plats que portent les prêtres campagnards et les Frères de la doctrine chrétienne. Il avait l'air d'un prélat fatigué dans la plus humble cure de son diocèse et, volontiers taciturne, il était souvent, dans la conversation, pittoresque et amer.

— Le monde, me disait-il en parlant de nos voisins, s'arrête pour eux au Poitou, et l'histoire de la civilisation au Second Empire. Ils n'embrassent pas, comme le disait M. Renan à la déesse de l'Acropole, divers genres de beauté. Ils n'ont aucune curiosité et ils sont tels aujourd'hui que je les ai trouvés en arrivant, voici bientôt un quart de siècle. Ils demeurent, selon un mot qui me ravit, des gentilshommes à lièvres, et je vous étonnerais probablement en vous avouant que, certains beaux soirs d'été, il y a longtemps, quand la douceur de vivre existait sur la terre, je faisais en les quittant des rêves qui dépassaient singulièrement l'horizon de leurs pigeonniers. Le soleil de six heures n'écrasait pas les champs où les menaient quelques soucis agricoles, et je songeais qu'à cette heure, dans la vieille Europe tempérée, il y avait de belles images et des spectacles qu'ils ne soupçonnaient point : des calèches qui descendaient le Prater, emportaient de blondes Viennoises qui venaient de déguster des cafés en sorbets, et, sous des arbres dont ils ignoraient jusqu'aux noms, dans les villes d'eaux du Caucase, à Piastigorsk ou dans le jardin d'un établissement de bains, à Tiflis, des comtesses cosaques et des princesses géorgiennes, qui sortaient des piscines d'eau chaude et des mains des masseuses, mangeaient des pâtisseries en buvant de l'eau glacée ou du thé et en fumant d'incomparables cigarettes. Devant un pavillon du Bois de Boulogne, des automobiles vernies et pleines de fleurs attendaient les couples élégants qui prenaient du porto glacé ; Rodin travaillait à une statue, dans son atelier ; Berthelot examinait une éprouvette vermeille en la tenant entre son œil froid et la baie vitrée de son laboratoire ; le citoyen Jean Jaurès sortait de la Bibliothèque nationale les poches de son veston bourrées de papiers et, à Berlin, Unterlinden, une princesse trop blonde passait sur un énorme cheval de cuirassier blanc...

C'est ainsi que s'exprimait souvent M. l'abbé Laurière.

Je trouvais à cette villégiature un charme désuet et j'avais la compagnie de M. Bernard Olivier qui était charmante.

Des assiettes de gâteaux étaient posées, sous des cloches de cristal, sur tous les meubles de la pièce voûtée dont il avait fait son salon de musique, sa galerie et sa bibliothèque. De nombreuses toiles ornaient les murs.

Il avait quelque peu brocanté et, comme il aimait toute la peinture, sa collection allait des primitifs à une admirable nature morte de Monticelli tout en croûtes somptueuses. Il faisait, de temps en temps, quelque découverte chez les antiquaires de Poitiers.

Il possédait tous les vins blancs doux du monde dans des carafons. Il picorait une pâte feuilletée incrustée d'une cerise ou d'une fraise, il sirotait un doigt de muscat et touchait à peine aux plats qu'on servait à l'heure des repas.

La maison, au grand escalier frais, sentait la tarte chaude et la cire des parquets ; le Stradivarius, à cause de sa sourdine, l'emplissait d'un bourdonnement de gros frelon.

Je m'étais promis de demeurer tout un mois sans travailler et de vivre comme les autres hommes que rien ne ramène perpétuellement devant un encrier et une rame de papier ; mais je ne savais guère goûter les instants et les choses qu'on ne décrit pas. Je m'asseyais devant la fenêtre, comme un convalescent ou comme un peintre désemparé de n'avoir ni couleurs ni pinceaux, et j'écoutais le violoncelle de M. Bernard Olivier.

Devant moi, la pelouse était couronnée de rosiers en fleurs : je croyais voir monter un paysage créé par la musique et, dans le cadre bleu de la croisée, les hirondelles qui passaient sans fin, avec de petits cris vifs, semblaient les notes envolées de la mélodie que mon vieil ami déchiffrait au-dessous de moi, dans la salle fraîche où il y avait des gâteaux, des tableaux et des livres.

Par exemple, rien ne distrayait les longues journées, Le facteur venait tous les matins et le boulanger tous les deux jours. Sa voiture ne pouvait arriver jusqu'à la maison, car les tilleuls qu'on ne taillait plus formaient une voûte si touffue et si basse qu'un homme n'aurait pu se tenir assis sur le siège. Le boulanger, qui avait une jambe de bois et qui ne descendait pas sans être aidé, cornait au bout de l'avenue, et, pour éviter cette course à la vieille servante, j'avais pris l'habitude d'aller chercher moi-même le pain. Nous parlions quelquefois de la bataille de Champagne où il avait perdu sa jambe gauche et où j'avais failli perdre la mienne. Je le payais et, souvent, il devait me rendre la monnaie. Il cherchait, sans doute à cause de notre confraternité d'armes, des coupures à peu près propres de cinquante centimes. Toutes les chambres de commerce étaient représentées par ces papiers, et, assis sous la voûte odorante des tilleuls, je m'amusais à les regarder, mon pain doré posé sur le bois d'un vieux banc.

Si M. Bernard Olivier m'apercevait, il venait à côté de moi, avec sa pèlerine légère dont il mettait toujours le capuchon. On ne voyait de son fin visage qu'un profil aquilin et une barbiche blanche de vieil humaniste ou de bon sorcier.

— Le pays est bien malade, disait-il, et nous n'assisterons pas à sa guérison, moi du moins. Chaque ville bat monnaie, et un écu de cinq francs à l'effigie de Louis-Philippe ou de la République a l'aspect antique d'une pièce de collection. La bouchère en a donné un, l'autre jour, à la vieille Marthe. Il était daté de 1833 et portait l'image du roi-citoyen. Je l'ai palpé, j'ai lu toutes ses inscriptions, soupçonneux comme si cette marchande avait laissé une médaille romaine du siècle d'Auguste.

» Les chapelets de coquillages dont se servent quelques tribus africaines pour leurs achats ont plus de valeur. A côté de ces papiers, leur matière semble précieuse.

» Aux premiers temps de leur émission, les villes en étaient fières et jalouses. Chaque chef-lieu gardait les siens et refusait les autres. Le franc des Deux-Sèvres n'avait point cours dans la Vienne. Aujourd'hui, ces billets circulent et se mêlent. Examinez ceux que vous avez dans la main... Tenez, en voici un de Toulouse... il est timbré de sceaux armoriés comme un parchemin de l'époque des capitouls et de Clémence Isaure, et celui de Bergerac ressemble à la contremarque d'un théâtre ambulant où l'on jouerait une cocasse comédie de Cyrano... Regardez, aucun n'est pareil à l'autre... Y a-t-il quelque chose de commun entre la Loire et le Rhône, le Massif central et l'Anjou?... »

J'examinais ceux que le boulanger m'avait donnés.

Celui de Bourges était semblable à un somptueux et bleuâtre dessin d'architecte pour une cheminée monumentale devant laquelle on imaginait les deux enfants les plus illustres de la cité : Louis XI et Jacques Cœur. Limoges montrait, sur un de ces fonds jaunes qu'ont certaines poteries, un hôtel de ville ancien et un magasin moderne plein sans doute de porcelaines. Celui de Poitiers était romantique et surchargé. Dans deux niches crénelées, on avait représenté le maréchal Joffre et Charles Martel, et deux enfants qui tenaient des palmes offraient le buste d'une dame qui devait être cette adorable Diane, duchesse de Valentinois. La chambre de commerce du Puy-de-Dôme avait surtout songé à faire les choses en règle, sérieusement, sans forfanterie, en personne qui connaît le prix des choses et qui sait de quelles garanties on doit entourer les affaires d'argent. Ni paysages, ni figures allégoriques, mais quatre bonnes signatures aux endroits nécessaires, sur un tout petit rectangle de papier économisé. Je préférais à tous le billet de Châteauroux et de l'Indre. Il était bleuté comme certains dessins du dix-huitième siècle. On y voyait un pont de pierres, des bois, un beau château et le portrait de George Sand dans un médaillon entouré d'épis de blé. C'est avec des billets pareils que j'aurais voulu payer à un petit libraire de province *Indiana*, *la Mare au diable* ou *François le Champi*, que la bonne dame de Nohant écrivit en quelques jours, simplement, comme on fait la soupe ou comme on tricote une paire de bas solides avec la laine du Berry...

Je rentrais, sous la voûte feuillue, ayant l'impression de remonter un fleuve de parfums sucrés, et, quand j'arrivais à la porte du corridor à demi obscur, je retrouvais toujours cette odeur familière de pâtisserie et de cire et ce bourdonnement de violoncelle.

II

MONSIEUR LE CURÉ

L'abbé Laurière avait dîné, ce soir-là, avec nous.

Nous devisions dans le salon de musique et il était la demie de huit heures, car M. Bernard Olivier prenait son dernier repas à sept et se couchait invariablement à neuf.

Il y assistait plutôt qu'il n'y participait. Avec lui, on commençait par une salade, ce qui est, semble-t-il, contre toutes les règles, mais je dois dire qu'il avait raison. Une laitue fraîche au début du repas et un grand verre d'eau glacée forment le plus aimable des hors-d'œuvre. Il avait pris ensuite l'aile d'une des deux cailles qu'on nous servit, une pêche et des beignets que Marthe fabriquait d'une façon unique.

Ni lui, ni l'abbé ne touchaient le soir aux carafes de vin, et je les imitais, trouvant à l'eau pure du puits une saveur que je ne connaissais pas. M. Bernard Olivier mangeait à peine, mais il s'entendait comme pas un à parler cuisine. Il préférait seulement le *Confiturier royal* à la *Cuisine bourgeoise*, et lui, qui se nourrissait presque de gâteaux et de fruits, il traitait avec une désinvolture pittoresque les plus illustres maîtres de la table qui ont prétendu que le dessert était tout au plus bon à faire patienter les enfants et les femmes, à la fin d'un repas.

L'abbé Laurière était de son avis.

— Toutes les vérités ne sont pas éternelles, répondait-il en souriant. Je veux dire que la vérité qui était de mise au temps de Brillat-Savarin est peut-être une bêtise à notre époque.

— Ce magistrat solennel a décrété, par exemple, que certaines professions obligent à la bonne chère. Pour lui, les gourmands se recrutent parmi les financiers, les hommes de lettres, les médecins et les gens d'église.

— Voilà une opinion qui a singulièrement vieilli, à supposer qu'elle ait eu quelque jeunesse.

— Au dix-huitième siècle et au commencement du dix-neuvième, les financiers avaient sans doute des loisirs et un estomac solide. Ils ne brassaient pas des affaires très considérables et on devait dîner chez eux fort convenablement. Songez à la vie et aux menus d'un puissant banquier contemporain. Pierpont Morgan, qui fut roi des chemins de fer, empereur des pétroles, souverain de la bâtisse, commodore suprême des mers et propriétaire de champs et de bois que desservaient des express électriques, prenait, deux fois par jour, une bouillie d'orge et un biscuit trempé dans un verre d'eau sucrée, sans quitter son bureau, à côté de son téléphone.

— Les financiers déjeunent d'un œuf à la coque, d'une grillade sèche, d'un légume et d'un fruit, le tout arrosé d'eau minérale. J'ignore si les grands cliniciens sont gastronomes, mais je sais que les médecins de campagne, les plus nombreux, mangent, au hasard des visites qu'ils font à leurs malades, des omelettes dans des cuisines enfumées.

— Les hommes de lettres ne parviennent aux honneurs qu'à l'âge où la table est une vanité comme les autres, et quant à la gourmandise des ecclésiastiques, c'est une légende ridicule. Aucun cardinal ne m'a prié jamais à dîner, et le petit clergé n'a ni les moyens, ni les goûts raffinés qu'exige la gastronomie. Les prêtres ont une « bonne à tout faire » dont le seul mérite est souvent d'être canonique et ils mangent les pauvres ratatouilles des célibataires tyrannisés par de vieilles servantes quinteuses, incapables et dévouées...

Le crépuscule paraissait bénir les grands mélèzes que l'on apercevait des deux fenêtres et j'expliquais au vieux prêtre que je m'étais distrait, cet après-midi, à comparer l'ombrage des différents arbres autour de la maison. Celui des cèdres était religieux : leurs branches plates ressemblaient aux bras tendus des patriarches. Un peuplier sensible ne permettait qu'à un svelte chevrier de se tenir contre son tronc, une flûte aux lèvres ; sous les sapins, l'ombre avait le goût résineux d'un pays du Nord plein de légendes et, parmi les bouleaux, on pouvait se croire au cœur d'un Corot d'argent.

— Ce sont de bons compagnons, me disait l'abbé, ils nous soutiennent ; ils forment derrière ceux qui vivent avec eux une toile de fond solide et sûre, car, à Paris, vous n'avez autour de vous qu'un décor mouvant et hostile... C'est cela qui est mauvais... Lorsque j'y habitais, je ne le sentais pas, j'étais trop jeune, mais, à présent, j'en souffrirais beaucoup...

— A notre âge, d'ailleurs, interrompit M. Bernard Olivier, quelques vieilles habitudes suffisent à ce que les hommes appellent le bonheur. En se retournant vers le matin ou le milieu de la journée qu'on vient de vivre, on s'aperçoit que toutes les agitations sont bien inutiles. Avoir été le pasteur, avoir fait partie du troupeau, cela ne compte pas beaucoup quand le soir tombe. Je n'ai rien voulu que la paix. Elle m'a comblé. J'aurais pu écrire, peindre ou composer des sonates. Faire un roman comme celui-ci ou de la peinture comme celui-là n'eût sans doute pas été très difficile. J'aurais un ruban ou une rosette au revers de ma veste. Je préfère y mettre une fleur... Non, rien de tout cela ne m'a tenté. J'ai eu quelques beaux rêves et je les ai gardés pour moi seul...

Il était debout, car neuf heures allaient sonner.

— Notre ami, dit l'abbé Laurière avec un peu de malice, a simplement manqué d'ambition, mais ne le croyez pas dépouillé et les mains ouvertes au seuil du soir qui sera long, si Dieu le veut. Il tient à ses habitudes. Je suis sûr qu'il sera déçu et qu'il jugera le Paradis abominable si, en y arrivant, il n'y trouve pas une grande salle voûtée pleine de livres et de tableaux, s'il y joue d'un violoncelle qui ne porte pas sur le fond, au-dessous de l'ouïe droite, cette inscription grandiose :

« *Antonius Stradivarius, Cremonensis, faciebat, anno 1707.* »

— Mon cher ami, vous aimez les bonnes éditions, la toile peinte, la musique et les desserts ; avouez que vous ne concevez pas l'infini sans tout cela.

— Aucune hypothèse théologique ne permet de soupçonner que le bonheur des élus tienne uniquement dans la découverte d'un plat de Palissy ou d'un croqueton du dix-huitième siècle qu'on nettoie délicatement avec du coton imbibé d'huile de lin...

M. Bernard Olivier nous serra la main.

— Je vous laisse, me dit-il, avec ce saint homme qui eût peut-être été à sa vraie place dans un sanctuaire bouddhique bâti sous des camphriers et des arbres dont je ne saurai jamais les noms. Ne discutez pas avec lui. On est toujours battu parce qu'il voit tout sous l'angle de l'éternité. Vous réuniriez dans cette pièce, par un miracle sublime, le sourire de la *Joconde* de Vinci, l'*Assemblée dans un parc* de Watteau, un *Couchant sur un port* de Claude

Lorrain, les bras de la *Vénus de Milo* et les *Bergers d'Arcadie* du Poussin, il vous montrerait ce dernier chef-d'œuvre et il vous prouverait sans peine que tout cela est peu de chose, puisqu'il viendra un jour où les oiseaux de proie voleront au-dessus des ruines de Paris comme ils volent sur celles de Babylone et de Memphis...

Il a raison sans doute...

Neuf heures sonnèrent.

— Bonne nuit, dit M. Bernard Olivier ; je suis ravi d'aller dormir en sachant que vous êtes là. Je vais fermer doucement les volets de ma chambre. Il y a un nid d'hirondelles dans le mur. Le matin, je les entends sortir et rentrer, et leurs ailes font contre les pierres un bruit soyeux d'éventail qu'on froisse. Le soir, je crains de les réveiller. Mon lit est exactement derrière la muraille, mon sommeil est voisin du leur et j'y songe, quand je m'éveille, avec plaisir.

— Il va vous démontrer, acheva-t-il, que nos rêves n'ont pas plus d'importance que les leurs...

Le garde champêtre souleva sa coiffure militaire.

***

Je proposai d'allumer une lampe quand nous fûmes seuls.

— Gardez-vous-en, me dit l'abbé Laurière, nous serions assaillis par toutes les bestioles nocturnes que ce phare attirerait.

Un bruit de gros souliers troubla le silence et, comme la salle de musique était au rez-de-chaussée, une silhouette coiffée d'un képi s'encadra dans la fenêtre.

C'était le garde champêtre.

Il ne nous voyait pas et le prêtre s'approcha de la croisée.

Lorsque ce visiteur que nous n'attendions pas eut reconnu le vieillard, il souleva sa coiffure militaire. Il venait dire qu'il fallait verrouiller les portes cette nuit.

Deux malandrins s'étaient échappés de la prison de Poitiers. On avait cru les voir dans les bois autour de La Pariée...

Le canon d'un fusil de chasse qu'il portait en bandoulière mettait une barre sombre dans le ciel étoilé.

L'abbé le remercia et il s'en alla, important et pressé.

— J'ai cru, dis-je à mon compagnon, que c'était Gastibelza, l'homme à la carabine, et qu'il venait chanter :

Quelqu'un a-t-il connu doña Sabine
Quelqu'un d'ici ?

Il me sembla, dans l'ombre, et brusquement, que les yeux du vieux prêtre exprimaient une détresse infinie, et j'eus le sentiment d'avoir dit, sans y songer, quelque chose que je ne devais pas dire.

Lorsqu'il parla, sa voix était encore plus âpre que de coutume :

— Il est ridicule, fit-il, et il va épouvanter le village, car il raisonne certainement comme un chien de berger. Sans doute, ces deux évadés étaient dangereux quand on les arrêta, mais le sont-ils encore ce soir? Ils ont souri à leur mère et récité le catéchisme. Pour cet ancien soldat d'Afrique qui publie aux roulements de tambour les décisions de M. le maire, tout homme qui est en prison doit être pareil à un tigre ou à un jaguar en cage. Ces deux misérables ne songent probablement à cette heure qu'à une miche de pain et à une bouteille de vin.

» Voyez, la nuit ressemble déjà à une embuscade et les bois, qui étaient innocents il n'y a qu'un instant, deviennent suspects et dangereux.

» Cela me rappelle un soir au bord de la mer, il y a longtemps...

» La vague caressait doucement une plage qui ressemblait à la promenade d'une belle ville méridionale, pleine de jeunes femmes légèrement vêtues de blanc et de mauve, et des troupes d'enfants en maillots rayés ramassaient des coquillages dans le sable.

» L'eau battait avec indifférence les pieds déshonorés par les durillons et les cors des bourgeois sédentaires et des dames en costumes de bain, les pieds qui vont aux ministères et aux Nouvelles Galeries, dépouillés des empeignes de box-calf et de chamois, maladroits et sensibles, ne sachant pas marcher sur les galets et redoutant les algues et les crabes. Tout baignait dans un grand rêve marin et calme.

» Brusquement, la panique souffla. Un pêcheur, peut-être facétieux, venait d'annoncer négligemment qu'on avait signalé au large un couple de requins.

» Malgré le soleil et les flonflons de l'orchestre qui répétait *Carmen* au Casino, la mer était devenue soudain déserte et tragique. Le baigneur le plus dépourvu d'imagination se représentait les deux squales. Ils allaient, au fond de ces vallées que forment les vagues, pareils à des tigres dans un ravin de l'Inde ; il les voyait énormes et ruisselants, leurs terribles queues creusaient des remous ainsi que les hélices des torpilles sous-marines ; ils montraient dans un éclair leurs ventres blanchâtres, insatiables et mous. Leurs ailerons sinistres sortaient à peine de l'eau ; ils naviguaient sournoisement côte à côte, monstrueux et muets, impitoyables, pleins de faim et d'une rage que rien ne pouvait apaiser, brutes inapprivoisables, avec leurs énormes têtes et leurs minuscules cerveaux injectés de sang noir...

» On était heureux de se sentir sur les planches qui conduisaient au Casino et à la jetée. Eh bien, ces deux malfaiteurs m'ont fait penser à ces requins et les bois ressemblent, ce soir, à la mer tragique.

» Nous sommes aujourd'hui le 22 août ; je puis vous affirmer, sans me tromper, qu'il y a vingt-cinq ans, exactement, qu'on signala ces deux monstres au large d'une petite plage méditerranéenne.

» Après dîner, j'avais été faire un tour jusqu'au môle. Ma femme avait la migraine et ne m'accompagnait pas... Quand je rentrai à l'hôtel, elle était partie et, pendant qu'une voiture l'emportait, j'aurais pu, comme le fou de la chanson, demander aux passants s'ils ne l'avaient pas vue... »

Il se tut, et il était difficile de ne pas respecter son silence, après cette brusque confidence.

Heureusement, la nuit effaçait nos deux visages et, comme j'avais ôté de ma bouche le cigare que je fumais, sa braise n'étoilait l'ombre que vaguement, au bout de ma main posée sur mon genou...

*
**

— Si je ne portais pas cette robe, reprit-il au bout d'un moment, vous ne trouveriez pas très extraordinaire ce que je viens de vous dire, sans savoir par exemple pourquoi.

» On garde le lamentable secret de sa vie pendant plus de vingt ans et, un soir, on le laisse échapper. Il vient naturellement au bout d'une phrase et l'on en demeure épouvanté, avec une joie mystérieuse cependant, comme si l'on s'était vengé du silence qui vous emprisonnait.

» Je vous connais depuis deux mois et je vous conte ce dont personne ici ne se doute. Il doit y avoir prescription pour les mystères comme pour les dettes.

» Vous avez cru certainement, en me voyant, que j'étais entré au séminaire, après une enfance studieuse et triste, et que, dénué d'ambition, j'avais vieilli dans cette cure perdue.

» Ne protestez pas. Je ne suis pas dupe des mots. Couperose et bedaine à part, vous auriez pu, en arrivant, me croire pareil à cet excellent abbé Bournisien dont Flaubert a campé la silhouette épaisse et rougeaude dans *Madame Bovary*. Je ne me régale pas comme lui de ces volumes fabriqués par des « séminaristes » troubadours ou des bas-bleus repenties, le *Pensez-y bien*, *l'Homme du monde* » *aux pieds de Marie*, par M. de ***, décoré de plusieurs ordres... »

» Pourtant, je ne suis pas un mauvais prêtre. Je me suis réfugié dans la solitude sacerdotale comme dans une Trappe, mais je n'ai pas toujours été en marge de la vie, et j'ai souffert.

» Il se fait tard, et je vous demande la permission d'aller dormir. Demain, peut-être, quand nous serons encore seuls, je vous conterai la suite d'une histoire qui n'est pas merveilleuse... »

Il prit son chapeau sur une table encombrée de livres et je l'accompagnai jusqu'au presbytère.

Nous coupâmes à travers champs.

Il y avait des étoiles au ciel et des vers luisants dans l'herbe sèche. Entre ces étincelles se creusait tout ce que l'on a si souvent essayé de décrire.

Une autre fois, je l'aurais certainement tenté moi-même, mais, ce soir-là, je faisais seulement attention à ne pas poser les pieds sur les insectes qui jetaient à ras de terre ces éclats phosphorescents et je laissai le vieillard sur le petit perron de sa maison qui n'était pas complètement obscure, car, au rez-de-chaussée, la lumière d'une lampe filtrait entre les lames noires des volets.

III

LA BROCANTE

Il ne faut pas toujours se fier aux étoiles sur lesquelles on ferme ses volets, en se couchant.

Le lendemain, je fus surpris de voir qu'il avait plu pendant la nuit.

Le ciel menaçait de demeurer couvert pendant une bonne partie de la journée, et c'est ce qui décida probablement M. Bernard Olivier à me proposer un voyage à Poitiers, dans sa petite voiture de médecin de campagne.

Il était le premier à plaisanter cet équipage commode et vieillot.

La matinée était légère et fraîche, et j'étais sûr que nous allions chez un antiquaire, au pas d'un cheval qui n'était ni jeune, ni fringant et qui ignorait le fouet.

— Ce temps gris perle, me dit mon vieil ami, est agréable et distingué ; je n'ai jamais aimé le soleil et l'été me semble de mauvais goût.

Il me montra une maison séparée de la route par un jardin plein de rosiers à peu près dépouillés.

— Là, continua-t-il, habite une dame que j'ai connue jeune fille. Lorsque je veux imaginer la France, ce n'est pas à une semeuse en tunique grecque, à une robuste femme en bonnet phrygien que je pense, c'est à elle.

» Pour moi, la France est une femme de cinquante ans et elle s'appelle Mme Boislin, Catherine-Claire-Marie Boislin, comme l'instituteur qui était secrétaire de la mairie l'a inscrit sur le registre de la commune.

» Dans son visage un peu las, sa bouche est toujours spirituelle, seulement, au moindre souci, ses yeux s'embuent et deviennent pareils à ceux des portraits de Greuze.

» Mme Boislin porte une robe toute simple, tout unie, mais aucune couturière du monde ne serait capable d'en tailler une semblable.

» Sous les pelotes de laine rouge, bleue et blanche et les bobines de soie qui encombrent sa petite table à ouvrage, on n'aperçoit pas les publications qui sont chères aux autres dames de la bourgeoisie européenne. Mme Boislin est au courant, naturellement. Une manchette de journal suffit à lui apprendre la politique. Sous ses écheveaux, elle a peut-être un paroissien qu'elle n'ouvre jamais et un livre de cuisine qui date du temps où on appelait verjus de vin le bon vinaigre. Il y a un jardin devant sa maison et, au bout du jardin, il y a la route nationale, toute blanche, avec ses tas de cailloux, entre le platane et l'acacia. Les gens qui passent, Mme Boislin peut les voir.

» A part le dressoir, les chaises et la table, les meubles, qui ne servent pas d'ailleurs à grand'chose, sont plus agréables que commodes. On les garde en souvenir des parents qui sont à côté, dans le petit enclos adossé au mur de l'église romane, sous une dalle qui vient de la carrière qu'on aperçoit de la cuisine, au flanc écorché et sanguin de la montagne, car le pays est riche et se suffit à lui-même. Il y pousse du blé, des roses, des pommes de terre, des giroflées, des lis, toutes sortes d'herbes, d'arbres fruitiers, de céréales, et les meilleures vignes du monde, et il y a des pierres pour les cimetières et les monuments.

» Le corridor sent la cire du parquet et le pot-au-feu qu'embaume un bouquet de céleri. Le toit fume légèrement sous un tilleul plus touffu qu'un arbre de justice.

» Sur la cheminée de la salle à manger où tricote Mme Boislin, deux cadres en peluche montrent les portraits de sa fille. Louise Boislin, sans profession, et du cher garçon, Philippe, qui est agrégé de grammaire au collège du chef-lieu. Leur père, M. François Boislin, est mort.

» Les placards sont pleins de pâtés en terrines et de pots dont les étiquettes attestent que la gelée de groseille a été faite en telle année. Dans un tiroir de l'armoire, il y a des livrets de caisse d'épargne, un livret militaire, des gants jaunis qui étaient blancs le jour du mariage de Mme Boislin, et une croix d'honneur qui a appartenu à son mari.

» Le banc du jardin a un pied cassé. On l'a raccommodé comme on a pu, en attendant le menuisier, mais on ne s'y assied jamais, parce que l'artisan n'est pas venu et que le pied ne tient qu'à un clou. Malgré cela, la maison est solide et charmante... »

Des tombes blanchirent à droite de la route, entre des cyprès, et M. Bernard Olivier arrêta à peine son regard sur le cimetière.

— Je m'en veux, me confia-t-il, de passer là au moins une fois par semaine et de ne m'arrêter jamais. Pourtant, mes grand'mères, ma mère, toutes les saintes vieilles que je connus habitent depuis longtemps dans cet enclos, avec mon grand-père et mon père. Il y a aussi une jeune fille qu'on a ensevelie en robe blanche, et il y a même la place vide que j'occuperai un jour. C'est probablement à cause de cela que je n'entre pas... N'y songeons plus, je n'ai que soixante ans, je suis prudent et ma santé est excellente...

— Rien à déclarer ! cria-t-il à l'employé de l'octroi qui le saluait de loin et qui ne le soupçonnait pas de vouloir passer en fraude la moindre chose.

Nous étions à Pierre-Levée, c'est-à-dire devant les premières maisons de Poitiers, au carrefour des routes de Châteauroux et de Limoges.

***

Nous gagnâmes la Grand'Rue en longeant d'abord le Clain qui coule lentement entre les arbres de ses rives, arrêtant notre attelage devant les boutiques dont l'enseigne portait :

Meubles neufs et d'occasion.

Parmi d'horribles mobiliers modernes fabriqués en séries, M. Bernard Olivier avait trouvé d'authentiques fauteuils, des bahuts sculptés, des trumeaux et beaucoup de bibelots précieux.

Nous ne vîmes pas grand'chose.

Nous suivîmes les vieilles rues qui portent des noms charmants : rue Cloche-perse, rue des Trois-Rois, rue de la Chaîne, rues du Souci et de la Poste-aux-Chevaux.

C'était l'heure où j'aime les villes de province.

Dans la chaleur de l'après-midi, elles sont pareilles à de brunes et grasses bourgeoises en robes claires, un peu démodées, et en charlottes de mousseline, autour des platanes du Mail ou de la place d'Armes, attendant un concert militaire, brodant et bavardant.

Le soleil est toujours du même côté du trottoir ; les persiennes sont closes ; à cause des mouches, il y a des voiles de gaze jaune ou violette, empesée et roide, sur les assiettes de gâteaux, dans les pâtisseries ; les commises, dans les boutiques obscures et fraîches, ont l'air de soubrettes de comédie ; l'arroseur municipal suit la caisse jaune du tramway, et on devrait pouvoir dire qu'il fait dimanche, comme on dit qu'il fait chaud.

Le matin, avant dix heures, les petites villes ressemblent à des dames en bigoudis. Leur toilette n'est pas encore faite. Dans les cafés dont on lave le parquet, on a mis les chaises sur les tables ; en passant devant un hôtel, on sent des odeurs de cuisine et de citron, et un rémouleur, qui n'oserait jamais venir s'y installer après le déjeuner, est devant le kiosque de la place. Je trouve un grand charme à ces matinées...

— Nous allons saluer en passant, proposa M. Bernard Olivier, mon vieil ami Hilaire Méryel. Il est, comme on dit, à la tête d'une des plus anciennes maisons de drap de la région, et c'est une figure qui vaut d'être vue.

» Il porte sa barbe en collier, comme Stendhal, et, vêtu en toute saison d'une redingote, il est chaussé de feutre et coiffé d'un bonnet grec de velours noir. Il a une tabatière dont il use avec méthode, et c'est encore un personnage curieux. Célibataire, il vit avec une de ces servantes qui n'existent que dans les romans qu'on lit en famille.

» Un peu de mon enfance est demeurée dans cette maison. Ma pauvre mère était une amie de la sienne et nous déjeunions chez eux tous les dimanches.

» Le menu était toujours pareil : une omelette aux pommes de terre, un vol-au-vent avec du poulet sauté, des ris-de-veau et des petits champignons nappés d'une béchamel onctueuse, une salade sans poivre et presque sans vinaigre, et une tourte qui venait de chez le boulanger voisin. On buvait un doigt de Saumur et on nous permettait d'aller dans le magasin obscur, dont les volets étaient clos sur une rue où personne ne passait, jusqu'à l'heure des vêpres.

» Dans cette pièce régnaient la demi-clarté et l'odeur qu'il doit y avoir dans une cale de navire anglais transportant des ballots de draps de Douvres à Calais.

» Hilaire était déjà sérieux et j'avais un grand respect pour sa science. Il ne savait que jouer au drapier et, mon Dieu, je crois qu'il avait le même costume que vous allez lui voir : une sorte de longue veste que sa mère taillait et cousait elle-même, un béret étoffé, des chaussures de feutre et de gros bas tricotés de laine sombre. Par exemple, il distinguait, comme aujourd'hui, l'*Elbeuf* du *Roubaix* et le *Sedan* du *Castres*. Il me les faisait renifler et, quand il me croyait initié, je devais deviner le tissu à son odeur.

» Je me trompais évidemment quelquefois, mais je discernais tout de même assez souvent le suint et le remugle de certaines pièces. Puis, on allait à vêpres, et, le soir, Mme Méryel et son fils dînaient chez nous. On se mettait à table à six heures et, à huit, chacun était dans son lit. Aucun autre souvenir ne me lie à ce vieil ami. Quand je revenais de Paris où j'étais étudiant, à la saison des vacances, Hilaire portait déjà le costume sévère et bonhomme que vous lui voyez, car le voilà... »

Le vieux drapier était sur le seuil de sa boutique et il était tel que l'avait dépeint M. Bernard Olivier : sérieux, timide, étroit, honnête.

Sa servante avait pris, pour l'aider, une de ses petites nièces, et cette jeune fille nous offrit, sur le comptoir de bois luisant, un verre de cassis. Une goutte du sirop menaçant de tacher le chêne ciré, M. Hilaire Méryel l'essuya avec son mouchoir...

Nous visitâmes, en sortant, quelques autres marchands d'antiquités. Ils se plaignaient tous.

On ne trouvait plus que de gros meubles et M. Bernard Olivier n'acheta rien.

— La récolte est faite, me dit-il en reprenant le chemin de La Pariée, ceux qui viendront derrière nous n'auront pas grand'chose à glaner.

» Bah ! les hommes nouveaux seront peut-être plus forts que nous. Ils se contenteront d'une vaste cellule tapissée de linoléum blanc et pleine de robinets étincelants et d'appareils perfectionnés. Ils ne seront pas ensorcelés comme nous l'avons été par le passé et les chimères, car n'avons-nous pas rêvé les trois quarts de notre vie ?

La Grand'Rue de Poitiers.

» Le poète Henri Heine prétendait qu'on pouvait parfaitement aimer de belles mortes.

» Je ne vous cacherai pas que j'ai eu un penchant pour Diane de Poitiers. Je possède des chenets qui lui ont certainement appartenu, et, les soirs d'hiver, quand une bûche y rougeoie, je crois voir ses beaux pieds nus, tels que Jean Goujon les sculpta, devant la flamme qui les rend transparents et rosés comme des albâtres.

» C'est à vingt ans que je l'imagine, élancée et svelte, ainsi qu'une déesse. C'est l'âge qu'elle avait quand Léonard de Vinci mourut au château de Cloux qui n'est pas loin d'ici... »

Il arrêta son cheval pour me permettre de rallumer ma pipe.

— Tenez, continua-t-il, lorsque notre attelage fut de nouveau en route, vous qui êtes curieux de drames historiques, vous devriez écrire celui auquel le nom du vieux peintre florentin me fait songer.

» Vous savez mieux que moi que François Iᵉʳ, ce gros garçon qui n'avait pas beaucoup de cervelle, fit venir en France des artistes italiens : Vinci, le Titien, Benvenuto Cellini, pour ne nommer que les principaux. Ils arrivèrent avec leurs robes fourrées d'alchimistes et d'astrologues, et leurs grandes barbes de saints. Ces demi-dieux toscans et vénitiens ne débarquaient pas cependant chez les barbares. Un art purement français commençait à s'épanouir. Les divins artisans du moyen âge avaient achevé depuis longtemps les cathédrales et on avait sculpté, à Dijon, le puits de Moïse. Un genre de beauté qui ne devait rien à l'Italie s'épanouissait. La Renaissance le tua.

» Il faut être juste. L'histoire qu'on enseigne est toujours officielle. Les grands maîtres de l'Université républicaine obéissent encore à un caprice voluptueux de François Ier. Ils laissent répéter dans les classes qu'il fut le père et le restaurateur des Lettres et des Arts. C'est une hérésie monstrueuse.

» Les artistes français ne purent résister à cette vague qui venait d'Italie et qui roulait pêle-mêle des ægipans et des naïades, des torses de déesses païennes et des nudités ambrées de courtisanes, des coupes d'or ciselées par d'illustres orfèvres, des coffres d'ébène et de nacre pleins de perles, de cristaux taillés, de bijoux et de roses. La belle druidesse, qui portait alors la coiffe de la duchesse de Bretagne, laissa la place aux grandes filles que le Titien coiffait d'or vénitien. Une volupté épuisée fit s'enfuir la grâce naissante, et le crime fut consommé. Nous étions, pour des siècles, attachés au char triomphant de l'Italie.

» Boileau-Despréaux, qui était, en art, ignorant comme un homme de son temps, a pourtant compris cela, lorsqu'il a écrit le passage de son Code poétique qui condamne les tentatives de Ronsard et de la Pléiade. Ce bourgeois parisien a crié en propres termes, pour qui sait lire : « A bas la Renaissance! A bas » les étrangers, qu'ils soient grecs ou latins ! » Et son *Enfin Malherbe vint...* est un soupir de soulagement et un souhait de bienvenue. Après tant de richesses gaspillées, il voyait enfin venir un Français de France, posé, clair, économe... »

Nous descendîmes de voiture au seuil de l'allée, car les tilleuls, trop bas, ne nous auraient pas permis de passer.

IV

SABINE

C'est un lundi que j'avais laissé l'abbé Lourière à la porte du presbytère, et il plut à torrents le lendemain, à l'heure où il avait coutume de venir; mais, le mercredi, le temps se remit au beau.

Le ciel était bleu et il y avait cependant quelque chose de changé.

Comme M. Bernard Olivier, j'ai horreur de la chaude saison : il me semble qu'elle apporte avec elle une série de persécutions.

J'aime par-dessus tout ces après-midi où l'on allume sa lampe à quatre heures et où l'on travaille, tandis que le feu brûle doucement, et qu'il pleut contre les vitres.

Depuis une semaine, je comprenais que l'impérial été allait succomber, malgré la splendeur qu'il montrait encore. L'azur se plombait brusquement, une immense angoisse pesait sur les champs, des feuilles s'envolaient et il se faisait soudain un si complet silence qu'un seul frelon sur une fleur de mauve paraissait emplir le monde entier de son bourdonnement.

Je n'attendais pas les nouvelles confidences de l'abbé Laurière avec impatience.

Je croyais qu'il avait pris la robe après la plus douloureuse et la plus banale des infortunes conjugales, mais je pensais que tout était fini depuis longtemps.

Ce dernier mercredi d'août, j'étais allé, comme je le faisais presque toujours, chercher le pain près de la route, et je lisais un journal sous les tilleuls, lorsqu'il vint s'asseoir à mon côté.

Je ne sus que dire après lui avoir demandé comment il se portait.

— Ne trichons pas, me répondit-il, je suis venu vous conter la suite de mon histoire. On entend d'ici le violoncelle de notre ami, il en a pour un moment. Je m'arrêterai quand il se taira. D'ailleurs, les romans ne se lisent pas d'un coup.

» Il est inutile de remonter trop loin, dans une vie à peu près quelconque.

» A trente-neuf ans, j'étais maître d'une petite fortune et complètement seul. Je ne compte pour rien les aventures galantes qui sont le lot aimable et décevant des célibataires libres de leur temps.

» Pendant l'été de 1892, j'allai passer les mois chauds dans un village du Doubs qu'on m'avait recommandé.

» Ce n'était pas une villégiature élégante et j'étais seul à l'auberge.

» Une jeune femme du Midi et sa fillette y débarquèrent un soir. Il paraît qu'elles venaient chaque année, après une saison de bains de mer au Grau-du-Roi, une plage d'où l'on voit les murailles d'Aigues-Mortes.

Sabine.

» On nous servait à part et, bien qu'elle fût jolie, je n'en fis pas grand cas. Son mari, un M. Duval, était notaire dans la campagne avignonnaise, et j'appris par l'aubergiste qui le connaissait qu'il était perpétuellement malade et fort désagréable.

» Mme Duval était très blonde et elle devait avoir trente-six ans. Elle portait une robe noire, étant en deuil de sa belle-mère, mais ses manches de crêpe transparent montraient des bras splendides.

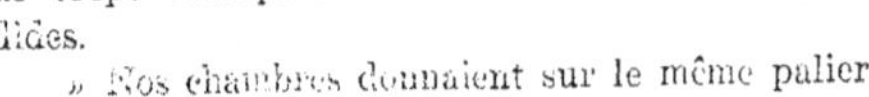

» Nos chambres donnaient sur le même palier.

» Nous n'avions jamais eu que des relations de stricte politesse, lorsqu'une nuit où tout le monde était couché, un orage théâtral, comme le sont les orages dans la montagne, éclata brusquement.

» Je ne m'étais pas aperçu, dans tout ce vacarme, que ma porte était restée entr'ouverte. Le couloir était éclairé par une lumière clignotante, et je vis Mme Duval, les cheveux défaits et affolée.

» Elle avait une peur nerveuse du tonnerre. Je la rassurai de mon mieux et à voix basse, car sa fille dormait, mais elle ne m'écoutait pas et elle me suivit comme une somnambule quand je voulus rentrer.

» Je lui offris un siège qu'elle n'accepta point. Debout, devant la croisée, et ses incomparables cheveux d'or sur sa robe de crêpe, elle se cachait les yeux à chaque éclair. La nuit fulgurante était éclaboussée de lumières fantastiques, les montagnes s'illuminaient tragiquement, le temps d'ouvrir et de fermer les paupières, elles flambaient dans une clarté irréelle, soufrée, vermeille et livide, et on les apercevait jusqu'aux moindres détails, pendant l'espace d'une seconde, à travers la trame de la furieuse pluie.

» Je lui pris la main, simplement, avec le seul désir de l'apaiser.

» Un coup de vent plus violent ouvrit la fenêtre, éteignant la chandelle posée sur la table, et j'eus contre ma poitrine la belle tête douloureuse aux cheveux parfumés, les bras glacés dans leurs gazes funèbres.

» Il nous restait encore un mois avant son départ, et je crois que personne, à l'auberge, ne soupçonna notre aventure.

» Au commencement de septembre, son mari la réclama et elle partit.

» Il ne fallait pas songer à lui adresser une seule lettre chez elle, et la poste restante lui était interdite, dans ce gros bourg où tout le monde la connaissait, mais elle devait m'écrire chaque soir et m'envoyer tous les feuillets de ce journal, le 28 juillet, qui était la date de la nuit où il avait fait un orage. Nous nous étions juré de nous revoir et je lui avais même dit que, si elle était bientôt libre, nous n'aurions pas grand chemin à parcourir pour aller de ma garçonnière à la mairie de mon arrondissement.

La nuit fulgurante était éclaboussée de lumières fantastiques.

» Cette petite bourgeoise, qui vivait une sorte de martyre, en province, ressemblait si peu aux femmes qui m'avaient aimé et berné que je l'aurais épousée sur-le-champ, si cela eût été possible.

» Il bruimait doucement le matin où elle dut partir.

» Je vis, jusqu'à un contour de la route, le mouchoir que son enfant agitait à la portière de la diligence, et lorsqu'il n'y eut plus rien, à l'horizon, sous les arbres, je compris que je ne pouvais plus rester dans ce village.

» Le surlendemain, j'avais regagné Paris...

» L'hiver passa.

» J'habitais un petit appartement près de l'Observatoire et je fréquentais alors les écrivains dans les cafés du Quartier Latin.

» Je bus du genièvre avec Paul Verlaine, chez un marchand de vins de la rue Saint-Jacques. Le poète y semblait un vieux pauvre. Il portait un feutre usé, en auréole sur son crâne bosselé, une barbe inculte, un cache-nez d'hôpital et une trique sur laquelle il s'appuyait en traînant la jambe. Je bus aussi des verres d'absinthe à toutes les terrasses du boulevard Saint-Michel pendant qu'il parlait de sa terrible voix embrumée. Tenez, je ne peux pas sentir un parfum d'anis sans songer immédiatement à cette époque.

» Les femmes avaient des manches à gigot ; Sadi Carnot était à l'Elysée, et, à distance, ces années me paraissent faciles à vivre et bonnes filles. Le *Chat Noir* de Rodolphe Salis rôdait sur les toits de Montmartre ; Huymans, qui n'était pas encore converti, gravait, au vitriol, des croquetons naturalistes, et Toulouse-Lautrec, juché sur un haut tabouret de bar, préparait un cocktail pour quelque gommeuse empanachée dont une longue bottine gantait étroitement la jambe maigre.

» On allait voir danser Grille d'Egout et la Mélinite au Moulin-Rouge... Je n'ai pas vécu en marge de mes contemporains et j'ai bien connu mon temps. Une bouffée d'anis, et mes souvenirs défilent dans des flonflons de bastringue, d'expositions universelles, de cafés de nuit et de cancans. J'en ai peu de nobles et beaucoup s'effacent, comme lorsqu'on éteignait le gaz, au petit jour, sur le quadrille que Valentin le Désossé menait avec quelques louches comparses.

» Le mois passé dans la montagne avec Sabine — Mme Duval s'appelait ainsi — semblait une oasis inaccessible et fraîche, mais aucun chemin n'y conduisait plus.

» La jeune femme m'avait d'ailleurs sans doute oublié.

» Je venais d'avoir quarante ans. C'est un âge terrible qui devrait tenter les romanciers. La jeunesse est finie et ce n'est pas encore la vieillesse. On attend, mais à la façon de ces passagers suspects auxquels il est interdit de débarquer. Si je ne craignais, plus que tout, les jeux de mots, je dirais qu'on est en quarantaine.

» Au printemps, un de ces amis qu'on voit seulement au café, autour d'une consommation et d'une partie de dominos, m'invita à dîner et me présenta à sa fille.

» M. Denis Corbier avait été jadis de moitié dans un vaudeville qui avait eu quelque succès et il était l'auteur de chansonnettes sentimentales. Il vivait vaguement de cette muse légère et il répandait autour de lui une atmosphère d'aimable anarchie.

» Il portait du linge fin sous un costume assez débraillé. Ses chaussettes blanches tirebouchonnaient à ses chevilles et tombaient le plus souvent sur des souliers bas qu'on appelait alors des souliers à la Molière. On pouvait croire qu'il était toujours en pantoufles. Un énorme mouchoir de couleur sortait de sa poche ; il avait un embonpoint qui n'était pas ridicule et il n'allait jamais jusqu'aux derniers boutons de son gilet en s'habillant.

» C'était un esprit charmant, sans aucun sérieux.

» Il cuisinait lui-même des plats exotiques. Sa femme, qui était morte, était une créole d'Haïti et elle lui avait enseigné des recettes qu'il exécutait en fredonnant le couplet à la mode cette semaine.

» J'acceptai son invitation.

» Le couple qui gardait la loge de sa maison n'était pas rébarbatif, comme cela arrive souvent à Paris. Le concierge avait l'air d'un vieux comique sans emploi, et sa femme ressemblait à une ouvreuse de music-hall, à une marchande à la toilette ou à une cartomancienne. Ils m'indiquèrent en souriant l'étage de M. Denis Corbier ; la concierge eut même l'obligeance de me précéder.

» Elle servait à table lorsque son locataire avait un invité.

» L'escalier sentait la friture et il était plein de roulades et de bruits de piano. L'appartement dont elle possédait une clef n'était guère encombré, ce qui n'empêchait pas un certain désordre. Il y avait contre les murs des affiches coloriées de Chéret et de Steinlen, des moulins montmartrois, dont les ailes noires éventaient une lune hilare, et quelques croquis insignifiants donnés par des amis de brasserie.

» Quand j'arrivai, Mlle Loïsa Corbier mettait le couvert dans sa propre chambre parce que cette pièce était la plus agréable et la plus claire.

» — Vous allez goûter d'abord, me dit son père, des chipolatas gratinés et farcis de piments-oiseaux... Je vous ai fait un déjeuner de gouverneur général aux colonies, et Toutoune est allée fort loin, jusqu'au boulevard Saint-Germain, pour trouver un pot de confiture de goyaves.

» Le nom romantique et désuet de Mlle Corbier et jusqu'à ce surnom de créole que sa mère dut lui donner quand elle était petite, en souvenir de son île natale, me ravissaient. Je pensais à une belle fille brune, aux immenses yeux noirs, avec un énorme chignon crêpelé et presque écroulé sur une nuque d'ambre.

» La porte s'ouvrit ; le rêve que je faisais souriait devant moi, de toute sa lourde bouche vermeille et de ses dents éclatantes. Mate, avec des blancheurs de camélia, Loïsa Corbier était telle que je l'imaginais. Nous passâmes à table. Un paravent de papier cachait sans doute un lit et une toilette d'hôtel meublé, et la jeune fille avait dû se poudrer au dernier moment, avant de se présenter à moi, car il y avait dans mon assiette quelques grains de poudre de riz, et ma serviette sentait le musc. Le déjeuner fut étrange et parfait.

» Dans sa veste d'intérieur, en grosse étoffe claire, mon hôte avait l'air d'un planteur débonnaire, et la fenêtre ouverte sur l'après-midi d'avril encadrait un panorama unique, car la maison dans laquelle M. Denis Corbier occupait cet appartement, dont personne, sans doute, ne prenait grand soin, était sur la Butte.

» Il avait probablement emprunté des couverts à la concierge, mais on était bien chez lui, et j'y revins plusieurs fois.

» M. Corbier me croyait certainement plus riche que je n'étais, et je l'ai toujours excusé d'avoir voulu établir une grande fille qui ne possédait que sa beauté indolente. Je dois dire aussi que jamais Loïsa ne parut faire le moindre effort pour me séduire. Quoi qu'il en soit, le 1er juillet de la même année, elle s'appelait Mme Robert Laurière... »

***

Nous n'entendîmes plus le violoncelle dans la maison, et le vieillard se tut.

— Voilà notre ami, me dit-il. Permettez que nous en restions là pour aujourd'hui...

Le visage de M. Bernard Olivier s'éclaira, dans le capuchon de sa pèlerine, en nous apercevant, et il vint à nous.

— Vous regardiez passer sous les tilleuls la *Sarabande* de Jean-Sébastien Bach que j'essayais de ne pas déshonorer, dit-il. Ces formes de rêve n'ont abandonné aucun calice, aucune fleur de leur couronne ?

Il fit mine de chercher, dans l'allée ombreuse, des pétales envolés.

Comme l'abbé Laurière tenait à la main le journal que j'avais apporté, il crut que les nouvelles et la politique nous avaient occupés. Il prit la feuille que je n'avais même pas dépliée et il la parcourut.

Le prêtre, qui s'était ressaisi, ne voulut pas mentir :

— Nous causions simplement, fit-il, et ce n'était ni des Soviets, ni de cette vieille Europe bouleversée. Qu'elle aille aux abîmes, si elle veut, elle ne m'intéresse plus...

— Il est certain, continua M. Bernard Olivier, que nous ne la reconnaissons plus guère depuis ce cataclysme... Oh! tout n'y était peut-être pas absolument parfait avant 1914, mais on pouvait aller à Amiens, dans les Alpes juliennes ou en Russie sans voir les cratères creusés par les gros calibres. C'est de ce bouleversement que l'Allemagne portera le châtiment. Les belles images que nous aimions n'existent pas plus que les anciennes valeurs si respectées.

Je les regrette. Pendant qu'un tsar colossal et barbu, dans son uniforme de gala tout étincelant de décorations, recevait au Palais d'Hiver, je sais bien qu'un convoi de prisonniers cheminait à travers la neige, en route pour la Sibérie, et que Dostoïewski en faisait partie. Lénine, qu'on m'a affirmé être un immense esprit, n'a pas banni l'injustice, ni les supplices, et je préfère à celle-ci l'époque où les moujiks buvaient de la vodka en tuniques vertes et bleues, quand Anna Karénine prenait du thé bouillant, dans un salon très chauffé.

» On était accoutumé à ces images. Celles qu'on nous propose ne peuvent pas nous satisfaire. Si j'avais vingt ans, peut-être trouverais-je une âpre beauté à l'évangile des apôtres rouges de Moscou, mais un homme de mon âge !.... »

Il haussa les épaules.

— Je n'aime pas les vieillards qui se convertissent, reprit-il. C'est lâche ou c'est méchant. Les ivresses d'une foi nouvelle ne leur conviennent plus, ou alors je crois démêler dans leur cas beaucoup de malice. Ils paraissent dire : « Vous avez raison, démolissez tout, nous n'avons pas su vivre... Ouvrez les » portes d'un paradis plus humain et plus beau... » Il me semble aussi qu'ils murmurent à la cantonade, comme au théâtre : « Démolissez, démolissez, nous sommes trop près de la fin pour en souffrir beaucoup... »

» Voilà ce que je pense. Vous allez me traiter de réactionnaire ? Je n'ai jamais dépassé, en politique, le programme de... mettons du président Grévy...

» Si vous voulez, maintenant, venir goûter, je vous lirai, entre deux tartes, un conte que je ne publierai nulle part et qui, Dieu merci ! ne touche à rien d'actuel... »

Nous allâmes, tous les trois, vers la maison.

— A suivre. —

LES LIVRES NOUVEAUX

Les Etudes historiques.

La Jeunesse de Philippe-Egalité. — M. Amédée Britsch s'est appliqué à un vaste labeur de précision et même de redressement historique. Il a entrepris de refaire, d'après des documents inédits, l'histoire de la Maison d'Orléans à la fin de l'ancien régime. Nous lui devons déjà des études sur la Maison d'Orléans au dix-huitième siècle, publiées sous ce titre : *Autour du Palais-Royal* et qui peuvent être considérées comme le prologue du grand travail dont la première partie, parue d'hier, est consacrée à *la Jeunesse de Philippe-Egalité, 1747-1785* (Payot, édit., 30 fr.). Et voici que nous sont annoncés un volume sur *Philippe-Egalité, 1785-1793*, et un autre sur *Louis-Philippe, duc d'Orléans, 1793-1830*. A en juger par l'important ouvrage qui ouvre la série, nous devons estimer que, autant par la discussion des idées que par l'importance et la nouveauté de la documentation, l'entreprise de M. Amédée Britsch ne saurait laisser indifférent aucun des amis de l'histoire.

« J'ai pensé, observait Talleyrand dans ses *Mémoires*, qu'un tableau de la vie de M. le duc d'Orléans donnerait les traits et la couleur du règne faible et passager de Louis XVI ; qu'il mettrait sous les yeux d'une manière sensible le relâchement général des mœurs publiques et particulières sous son règne, ainsi que la dégradation dans les formes du gouvernement et les habitudes de l'administration. » Cette opinion est bonne à reproduire. Nous sommes, en effet, trop portés à juger les hommes de l'ancienne France comme s'ils étaient nés libres d'eux-mêmes et, comme beaucoup de nos contemporains — en ce temps d'individualisme — sans attache dans le passé et presque dans le présent. La psychologie individuelle ne suffit évidemment point pour expliquer le cas de ce Philippe-Egalité que l'histoire a tenu pour une sorte de prince maudit, car elle a conservé surtout le souvenir de son attitude de trahison envers la famille royale, de son vote de régicide, saas tenir compte de ce qu'il avait pu être dans sa jeunesse, très différente de son âge d'homme mûr dont les reniements se sont d'ailleurs expiés sur l'échafaud. « Le duc de Chartres, écrit équitablement M. Britsch, n'a point à répondre des défaillances du duc d'Orléans. Il ne convient pas de classer les personnages d'autrefois en aimables et en horribles : nombre de ceux que loue la mode historique furent insupportables à leurs contemporains, tandis que d'autres, aujourd'hui réprouvés, furent charmants à vivre. Ils ne sont devenus odieux que par la suite, par passion politique. Tel a été le sort de Louis-Philippe-Joseph, dit Egalité. »

Le cas de ce personnage, sans doute insuffisamment étudié jusqu'ici, se complique d'une question politique. Ce prince appartient, plus qu'il ne s'appartient à lui-même, à cette Maison d'Orléans qu'il incarne. Le livre de M. Amédée Britsch donne toute leur valeur aux conditions morales, sociales, politiques et financières qui commandaient plus ou moins la destinée du duc de Chartres quand il devint le duc d'Orléans et affronta comme tel la Révolution et toute l'époque ressuscitée du même coup, autour du Palais-Royal : difficile cousinage des princes avec la famille royale, intrigues ministérielles, franc-maçonnerie, hippomanie, relèvement de la marine de guerre d'Amérique, essais de spéculation, plaisirs de société et orages de cour, fièvre de nouvelles et médisances colportées, la plupart des traits et des hommes de ce temps, la plupart des questions et des modes qui ont occupé ou amusé les sujets de Louis XV finissant et de Louis XVI à ses débuts ont pris leur place dans le livre de M. Amédée Britsch, qu'il faut louer de ce probe et vaste effort.

Un roi reconstructeur : Louis XVIII. — Nous avons signalé des études et un livre, le si vivant ouvrage de M. Lucas-Dubreton, qui ramènent dans une lumière plus juste et à sa véritable place d'histoire la figure de Louis XVIII, qui fut, peut-être, un grand roi reconstructeur. La haute autorité de M. Pierre de La Gorce, vient servir à son tour la mémoire du premier roi de la Restauration (*Louis XVIII*, Plon, éditeur). Et voici rendu à l'actualité des discussions documentaires un souverain dont, avec le recul du temps et sans doute aussi à la lueur révélatrice de nos difficultés de redressement actuel, on s'applique à reviser l'histoire.

A côté de ce que le temps efface, constate M. Pierre de La Gorce, il y a ce que le temps grandit. A la distance d'un siècle, l'œuvre de la Restauration apparaît sous un double aspect. Après 1815, il fallut libérer le territoire et replacer la France meurtrie, si cruellement anémiée par les guerres et diminuée par une double invasion, dans son ancien cadre de grandeur traditionnelle. Il était indispensable ensuite de fonder, sur les débris des antiques coutumes depuis longtemps désuètes ou abolies, des institutions représentatives qui contiendraient le pouvoir sans le déborder. Cette œuvre de réparation et de reconstitution nationale pouvait-elle s'accomplir sans à-coups ? M. Pierre de La Gorce démontre que, pour la libération du territoire, pas une faute ne fut commise par le régime restauré à qui l'on doit faire honneur d'un plein succès, fruit de la persévérance, de la sagesse, de l'économie. Pour le travail qui consistait à diriger l'opinion publique, à doser la part de la liberté qui devait assurer aux Chambres législatives une puissance qui ne fût pas la toute-puissance, l'extrême difficulté, source de tâtonnements, d'inexpériences, de froissements, d'archaïsme de mots, vint de ce qu'on était au confluent de deux mondes et de deux âges.

Sur les Bourbons restaurés, les historiens se divisent, et il est exact que sur ces rois on pourrait tracer deux histoires vraies toutes les deux : celle de leurs maladresses et celle de leurs services. Et voici des lignes, qu'il faut citer, où M. Pierre de La Gorce continue de s'affirmer le grand historien d'idées qui nous a donné l'*Histoire du Second Empire* et l'*Histoire religieuse de la Révolution* :

« Sur la Restauration, une image se projette, celle de Napoléon. Il avait été trop grand pour que ce qui le remplacerait ne parût point petit. En un peuple imaginatif comme le peuple de France, il est périlleux de n'incarner que la sagesse quand on succède à qui figure la gloire. Au début, le bienfait de la paix domina tout. Bientôt le sentiment de la sécurité retrouvée s'émoussa, comme après une maladie s'émousse, quand la santé se consolide, la sensation de la convalescence. Alors le règne glorieux se mua en légende, et la légende fit paraître terne tout ce qui n'était pas elle. Un livre suggestif pourrait se composer en deux chapitres : comment Napoléon, vivant, rendit, par l'accumulation de ses fautes, la monarchie nécessaire ; comment Napoléon, mort, devint, par l'éclat grandissant de sa gloire posthume, le dissolvant de cette même monarchie. »

Ajoutons que le dessein de M. Pierre de La Gorce est de consacrer un second volume au règne de Charles X et de compléter ainsi le tableau de la Restauration.

***

Quelques romans.

Nous avons consacré une analyse à chacune des deux premières parties — traduites dans notre langue par

M. Franck L. Schœll — du célèbre roman de Ladislas Reymont : *les Paysans*. Après « l'Automne » et « l'Hiver », vient de paraître « le Printemps » (Plon, édit., 12 fr.). Ici, le grand écrivain polonais s'affirme, avec toute sa puissance descriptive de lyrique, le grand poète du Travail.

Ce qui réalise, en effet, l'accent tragique de ce livre, où devrait vivre la joie du labeur printanier, c'est le vaste drame, le drame de la terre réalisé par l'abandon d'un sol qui attend vainement le secours de la charrue aux mois de sa fécondité. L'emprisonnement de toute la population mâle du village de Lipce, à la suite du meurtre dont le récit clôt « l'Hiver », prive le sol de ses laboureurs. Et nous assistons aux pauvres efforts des femmes et des enfants qui resteraient vains si, dans un élan de solidarité, les paysans des villages voisins ne venaient rendre aux champs leurs forces fécondes et au sol ranimé du village cette vie des choses dont est faite la vie des hommes.

Alberto Insua est l'un des grands romanciers espagnols contemporains. Maurice Barrès appréciait beaucoup celui de ses livres que vient de traduire Mme Renée Lafont : *les Flèches de l'amour* (Flammarion, édit., 9 fr.), « œuvre de littérature européenne et roman picaresque à l'espagnole ». Le jeune Roberto Miranda séduit une fille du peuple, Eugenia, dont il a un fils Robertito. La pauvre enfant, tendre et soumise, ne cessera d'espérer qu'un jour elle sera unie à celui qu'elle aime par un mariage régulier. Mais Roberto, ambitieux effréné, veut réaliser une haute situation politique. Dans ce but, il épouse la fille du directeur d'un grand journal, et le voici bientôt député grâce à la haute influence de son beau-père. Toutefois, Roberto n'abandonne pas complètement Eugenia, dont il assure la vie et dont il soutient les illusions par des mirages. La femme qui épousa Roberto meurt bientôt, minée par un chagrin secret et qu'on devine. Cette fatalité ne redressera point le destin d'Eugenia. Le jeune député, livré à soi-même, commet des imprudences, voit décroître sa renommée et s'embarque dans une louche affaire de finances où se précipite sa chute. Il part pour l'Amérique où il tentera de se refaire une fortune. Eugenia complètement délaissée est contrainte de vendre ses meubles et de se réfugier dans une « maisonnette de carton » de la zone madrilène où elle mène une existence obscure et laborieuse, toujours fidèle à la mémoire de Roberto. Celui-ci revient en effet après de longues années, mais son amie meurt de ce bonheur, pourtant fragile, qui s'annonce et qu'elle avait toujours si ardemment espéré. Dans ce roman, œuvre puissante et pleine de vie, s'évoque, avec un rare talent d'analyste et de peintre direct, l'existence d'une famille de très pauvres gens parmi les quartiers colorés de Madrid.

En un livre d'une agréable verve, et dont l'humour ne s'exagère pas en caricature, M. Lucien Dubech nous parle d'une *Grève des forgerons* (Grasset, édit., 10 fr.), qui ne ressemble pas du tout à celle de François Coppée. Il se dégage toutefois quelque mélancolie de l'aventure sentimentale qui nous est contée. Trop souvent les midinettes au cœur romanesque et sensible se lancent dans le grand risque de l'amour à la façon de cette gentille Rirette Renaud à qui la tendre rencontre d'un jeune élève du Conservatoire ne laissera que le souvenir d'un joli rêve brisé. Mais ce livre nous divertit par les imprévus d'une grève des cousettes de la rue de la Paix déclarée pour soutenir les revendications des forgerons, et par les mésaventures de l'ami d'un jour enrôlé malgré lui dans la phalange syndicale et traîné en prison pour avoir été confondu avec un anarchiste dangereux.

***

Etudes littéraires.

Une Américaine, que son amour pour notre langue et son goût de la culture occidentale ont rendue française autant que son mariage, Mme Longworth Chambrun (comtesse de Chambrun), nous donne une ample et bien intéressante étude sur *Shakespeare, acteur et poète* (Plon, édit., 12 fr.). Pour écrire, après tant d'autres, une vie du grand homme qui repose à Stratford-sur-Avon, Mme Longworth Chambrun reconstitue l'ambiance et l'atmosphère de cette existence, pour beaucoup mystérieuse. De la confrontation des documents contemporains avec l'œuvre même de Shakespeare, l'auteur croit devoir conclure que les critiques tendant à reléguer dans l'ombre la personnalité de Shakespeare sont superficielles et dénotent un examen insuffisant de la documentation originale de cette question, des textes consacrés, des faits acquis. On conserve des livres ayant appartenu à l'illustre Stratfordien qui trahissent, contrairement à des thèses récentes, une culture classique modeste, mais suffisante pour expliquer certains détails de son œuvre. Il n'ignorait même pas le français. La comtesse de Chambrun rappelle qu'on publia de son vivant des pièces de théâtre, des vers sous son nom au su de tous, et le registre de la censure anglaise certifie ses titres de propriété littéraire.

***

Des pensées.

Mme Christiane de Tracy a réuni en un recueil au titre aimable et modeste : *Bruyères et Genêts* (Edit. Théo Martin), des pensées dont un bon nombre sont intéressantes par la concision incisive de leur forme ou par la noblesse et la générosité du sentiment qu'elles nous révèlent. Je ne dis point que tout dans ces pensées soit absolument original. Il y a des reflets, des répétitions, des expressions de bon sens, qui semblent un peu des lieux communs. Nous aurions aimé plus de sélection dans ce recueil dont le mérite néanmoins, la finesse d'observation et la haute valeur morale s'indiquent dans les quelques citations qui suivent :

Sur l'amour :

« Le mépris ne tue pas l'amour, mais il le blesse mortellement. »

« Nous disons toujours à notre cœur de se taire et nous serions désolés s'il ne voulait plus parler. »

Sur l'éducation des enfants :

« C'est un crime que d'enlever à la jeunesse sa confiance en elle-même et dans la vie. »

« L'éducation laisse des marques indélébiles et nous confions souvent nos enfants au premier venu. »

« A force d'avoir toutes les indulgences, on finit par avoir toutes les lâchetés. »

« L'enfant devrait être élevé dans sa famille et par sa famille; seulement il faudrait que celle-ci puisse, en toutes choses, lui servir de modèle. »

« Les parents doivent se perfectionner eux-mêmes en élevant leurs enfants. »

Sur l'humanité d'une façon générale :

« C'est par les paroles plus que par les actes qu'on entraîne les masses. »

« Avouer ses torts est parfois bien plus difficile que de les réparer. »

« A l'envergure de ton aile, mesure ton vol. »

Le Directeur-Gérant : René Baschet. Imp. de *L'Illustration*, 13, rue Saint-Georges, Paris (9e).

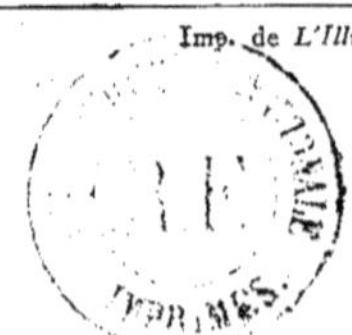

www.ingramcontent.com/pod-product-compliance
Lightning Source LLC
LaVergne TN
LVHW010013230826
846092LV00002B/801

9782329636177